BANANA!
JONATHAN ALLEN
BOXER BOOKS

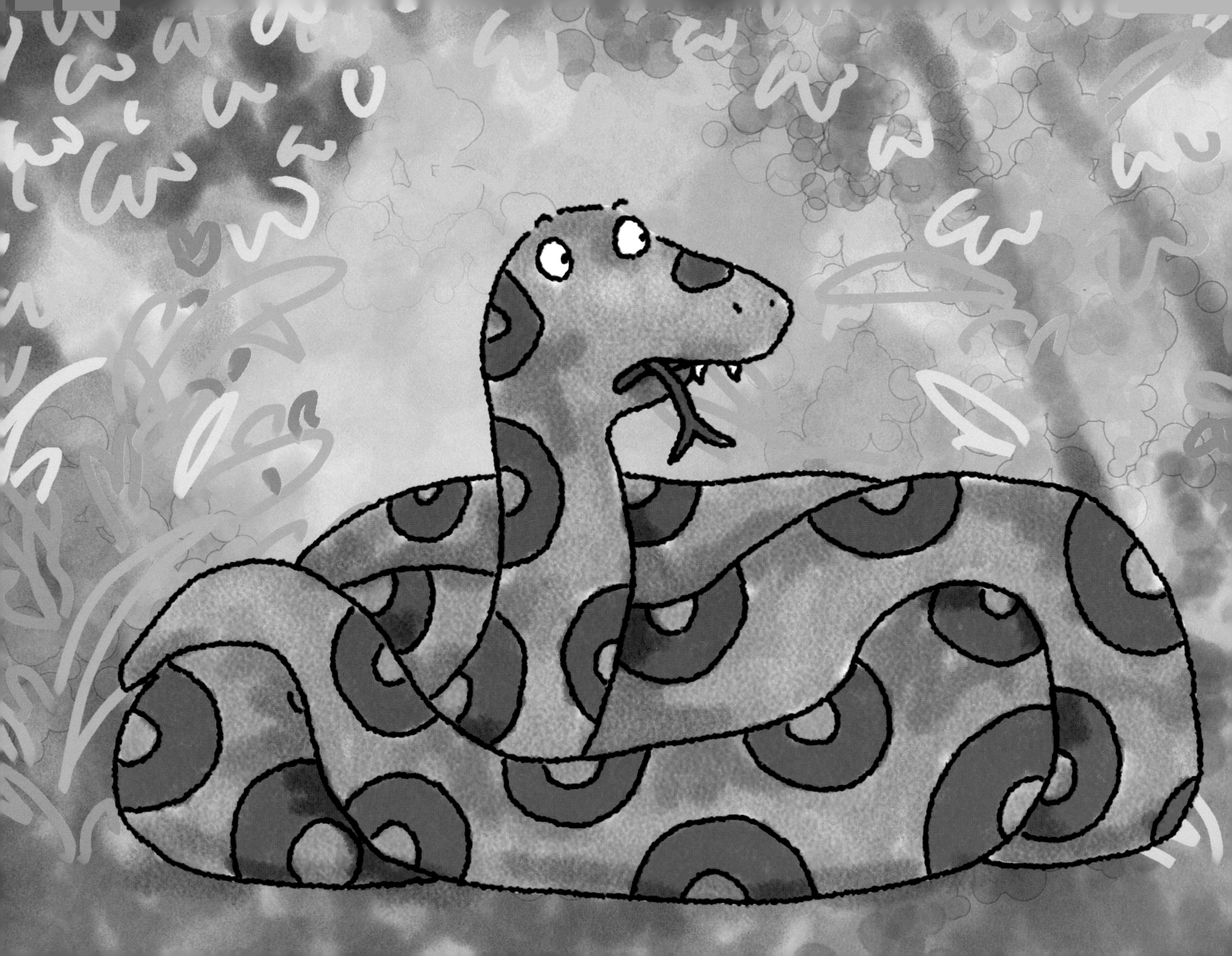

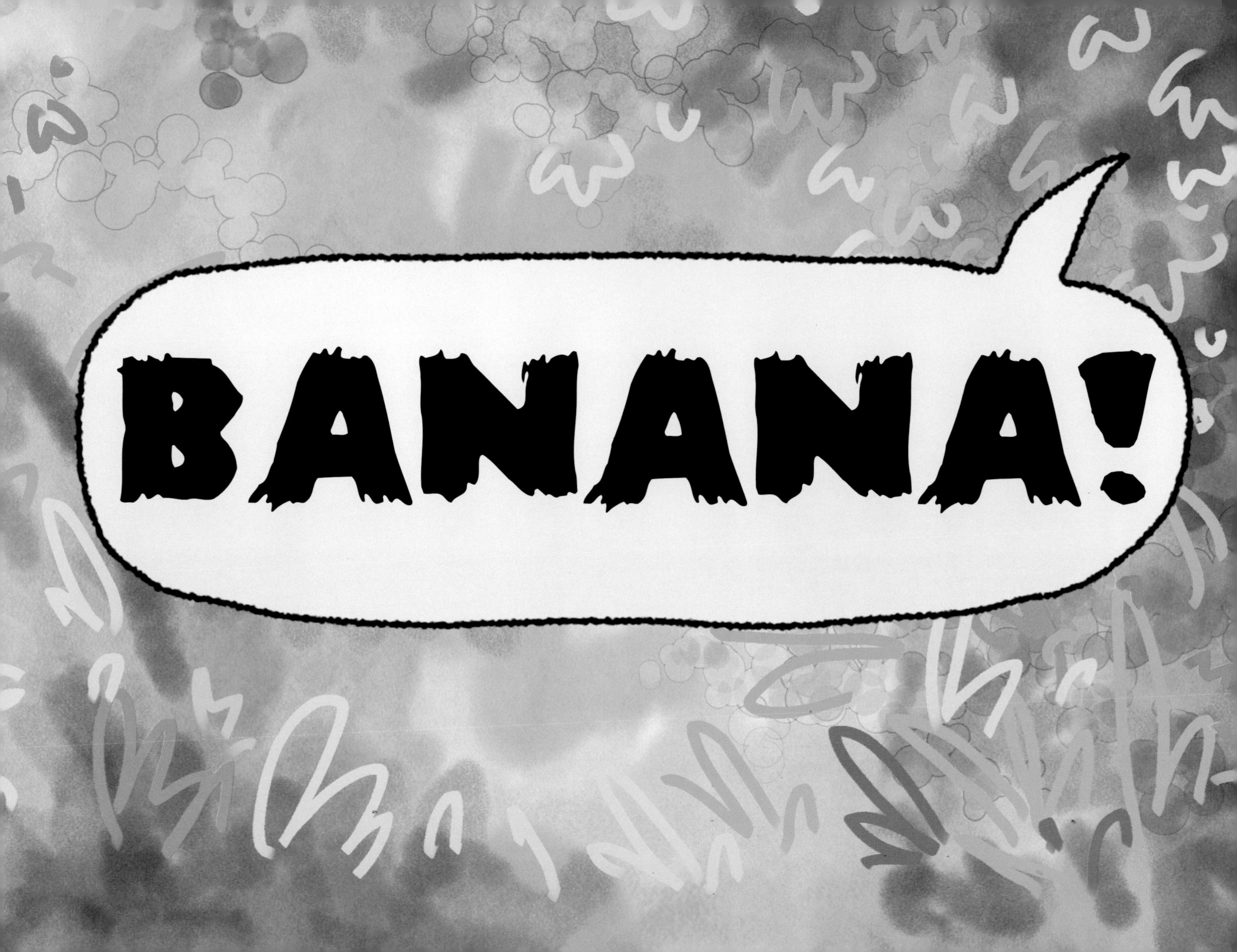
BANANA!

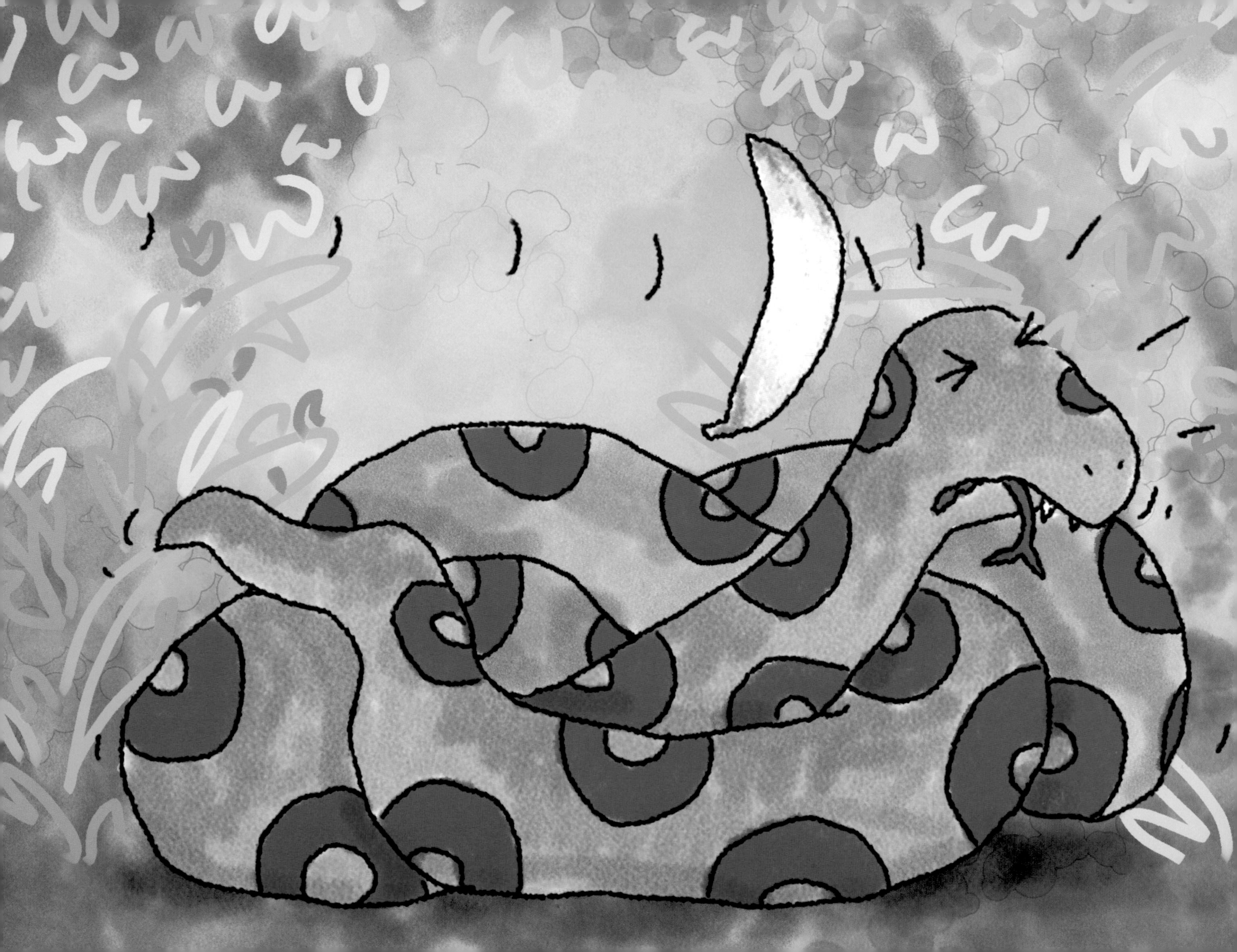

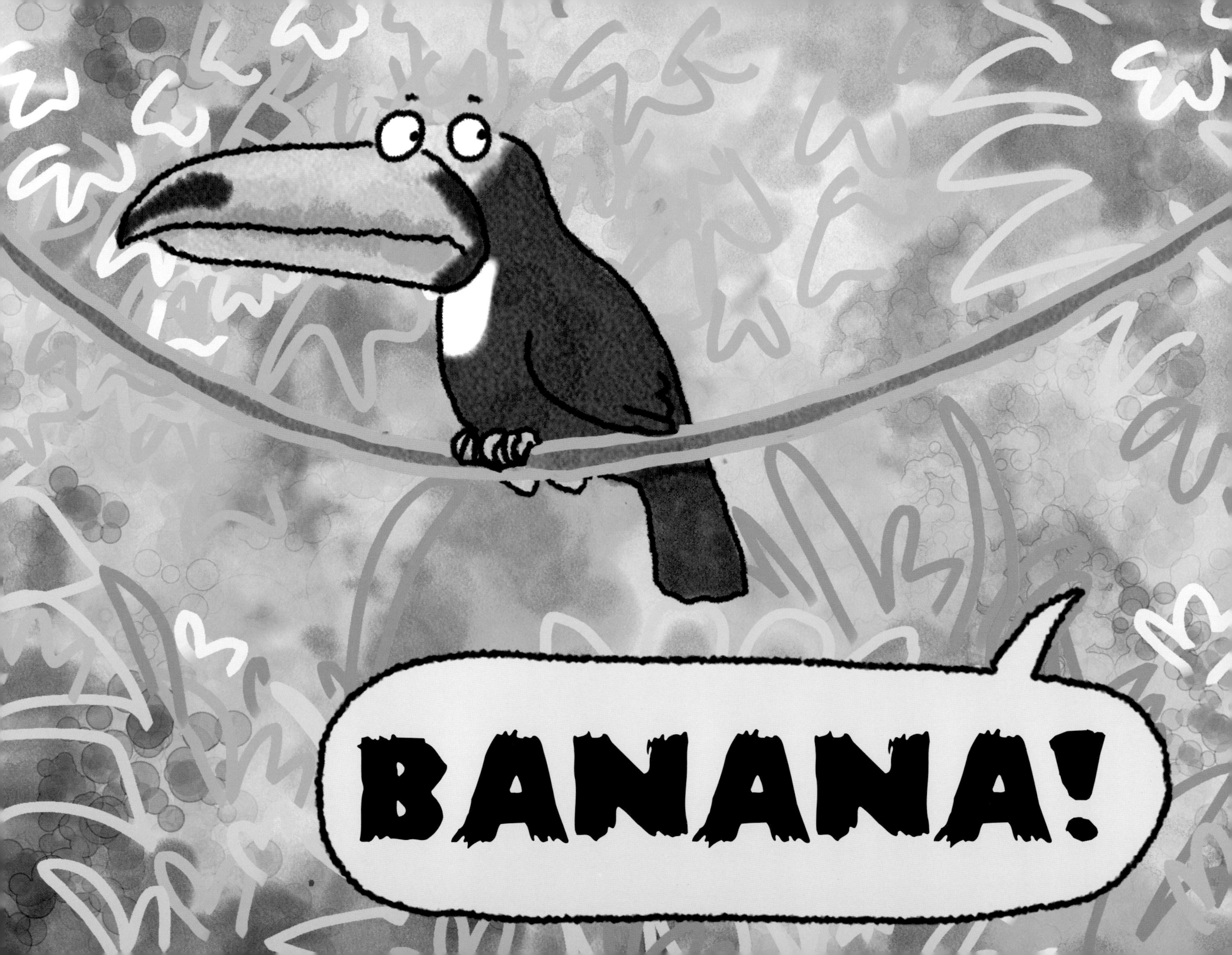
BANANA!

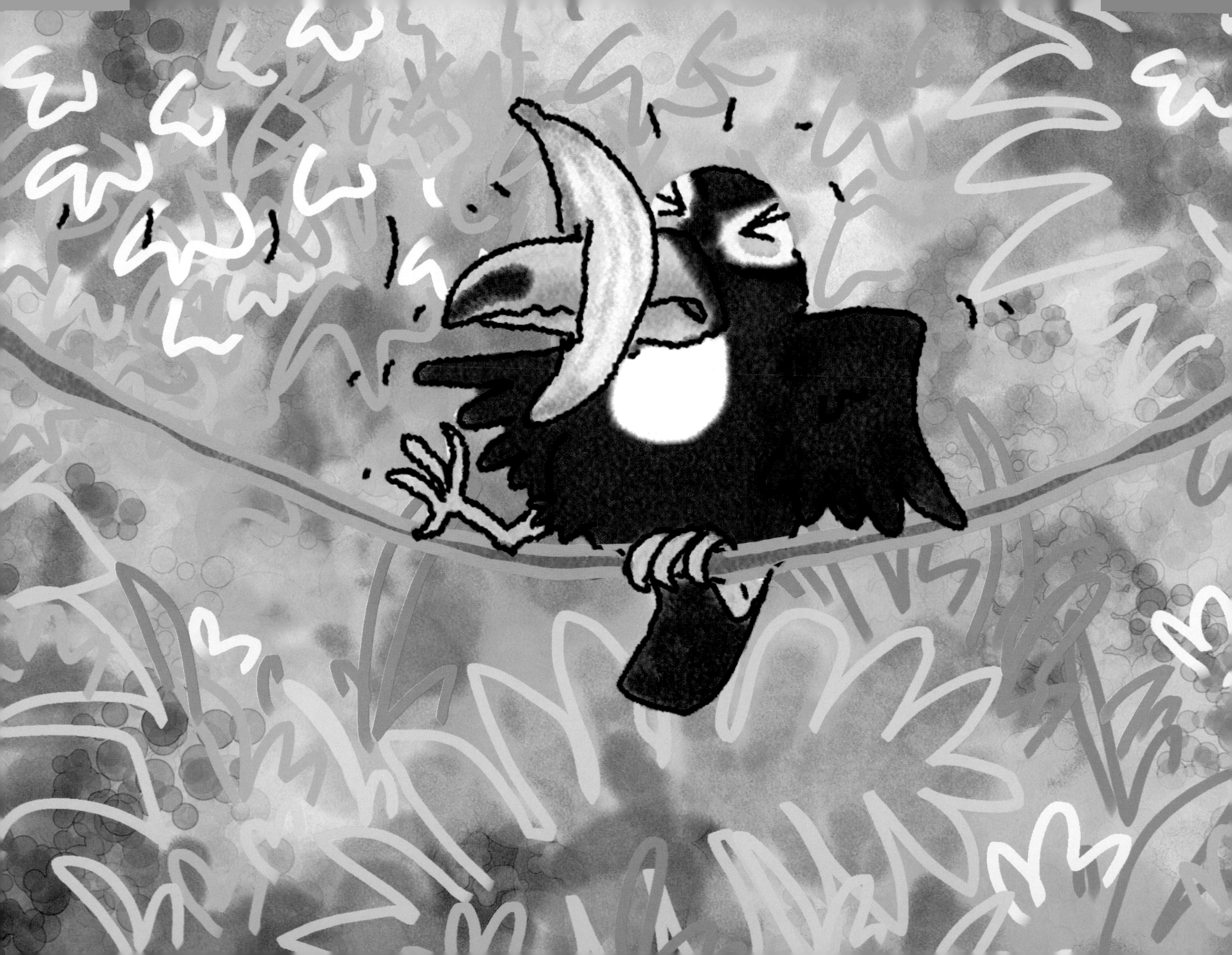

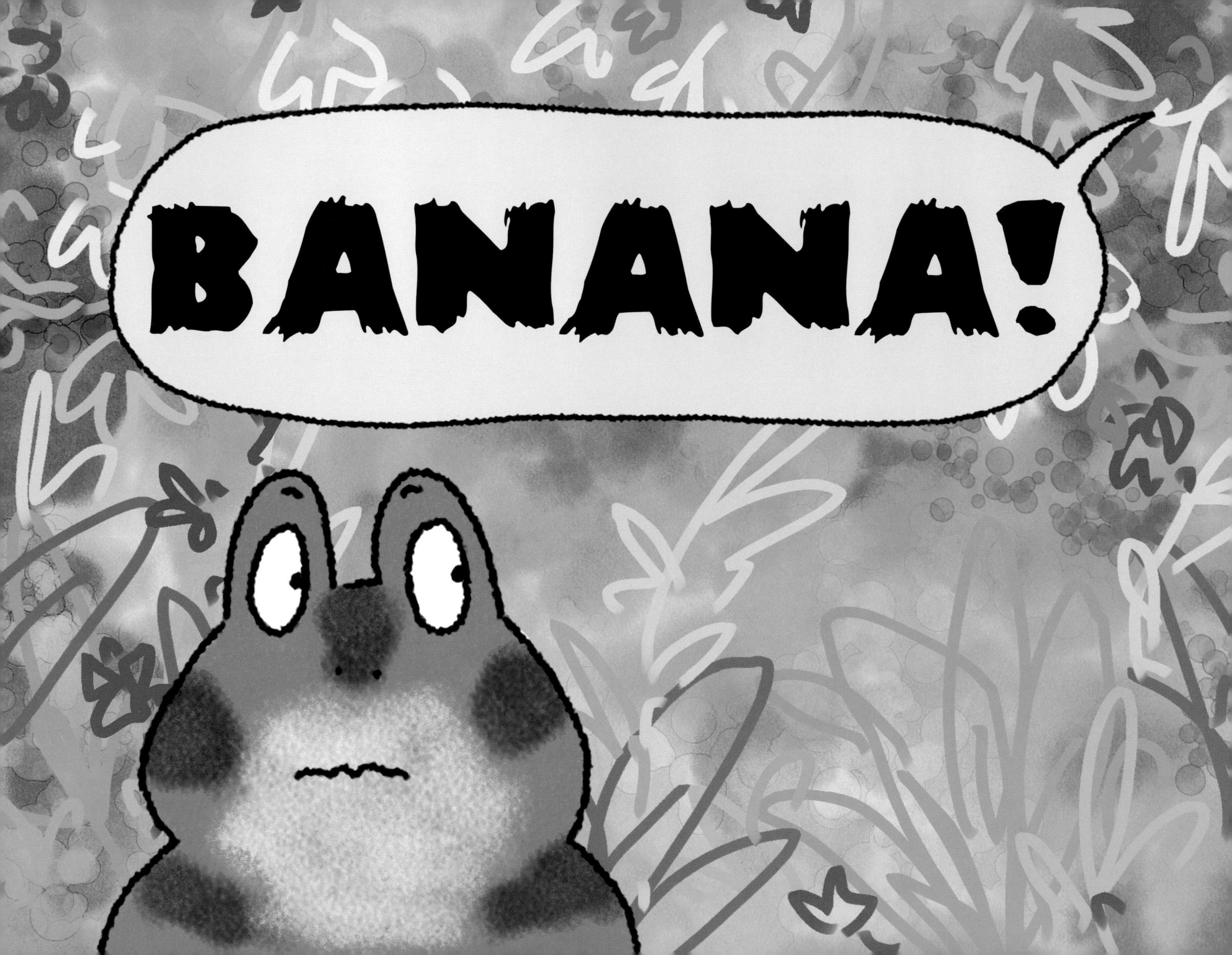
BANANA!

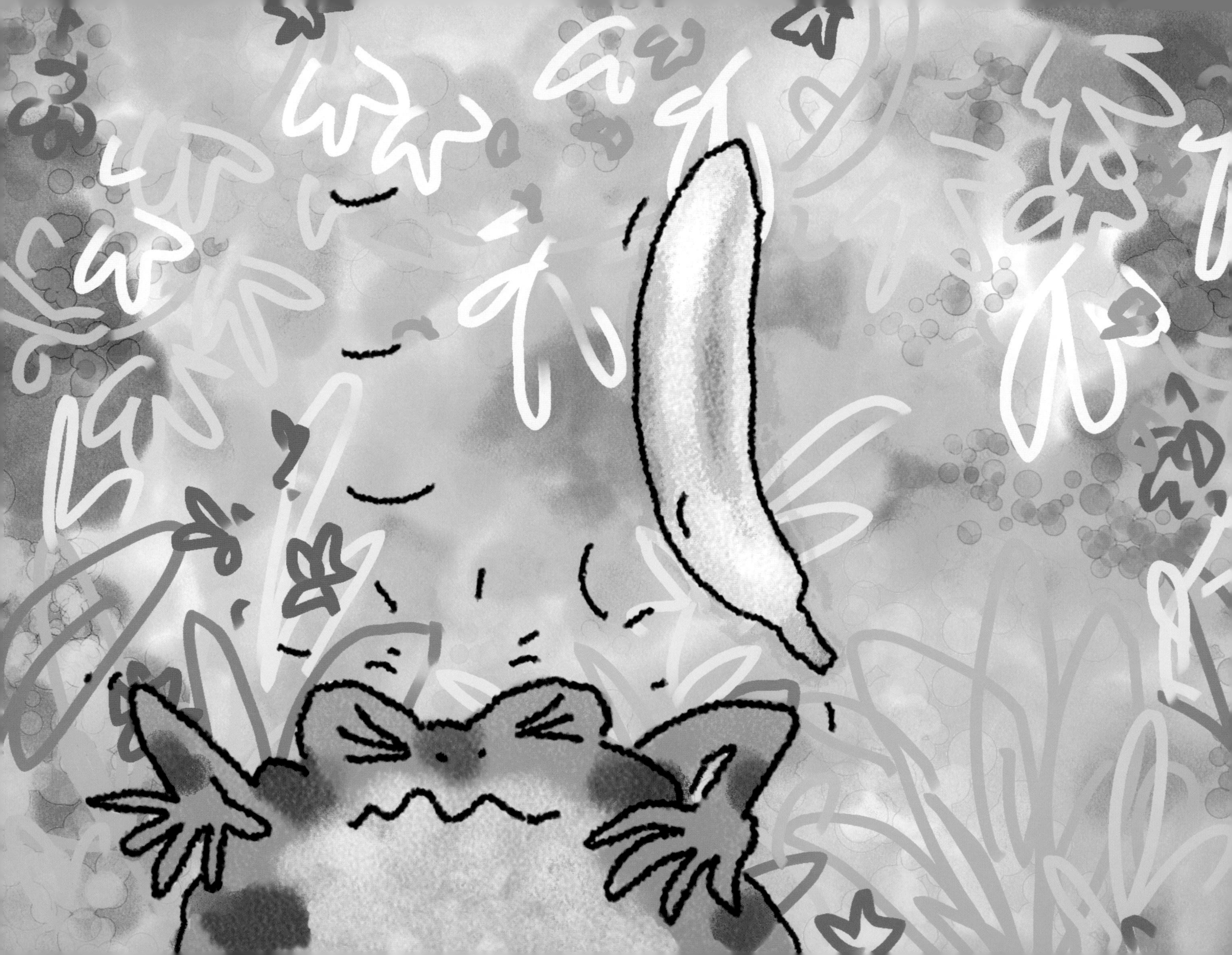

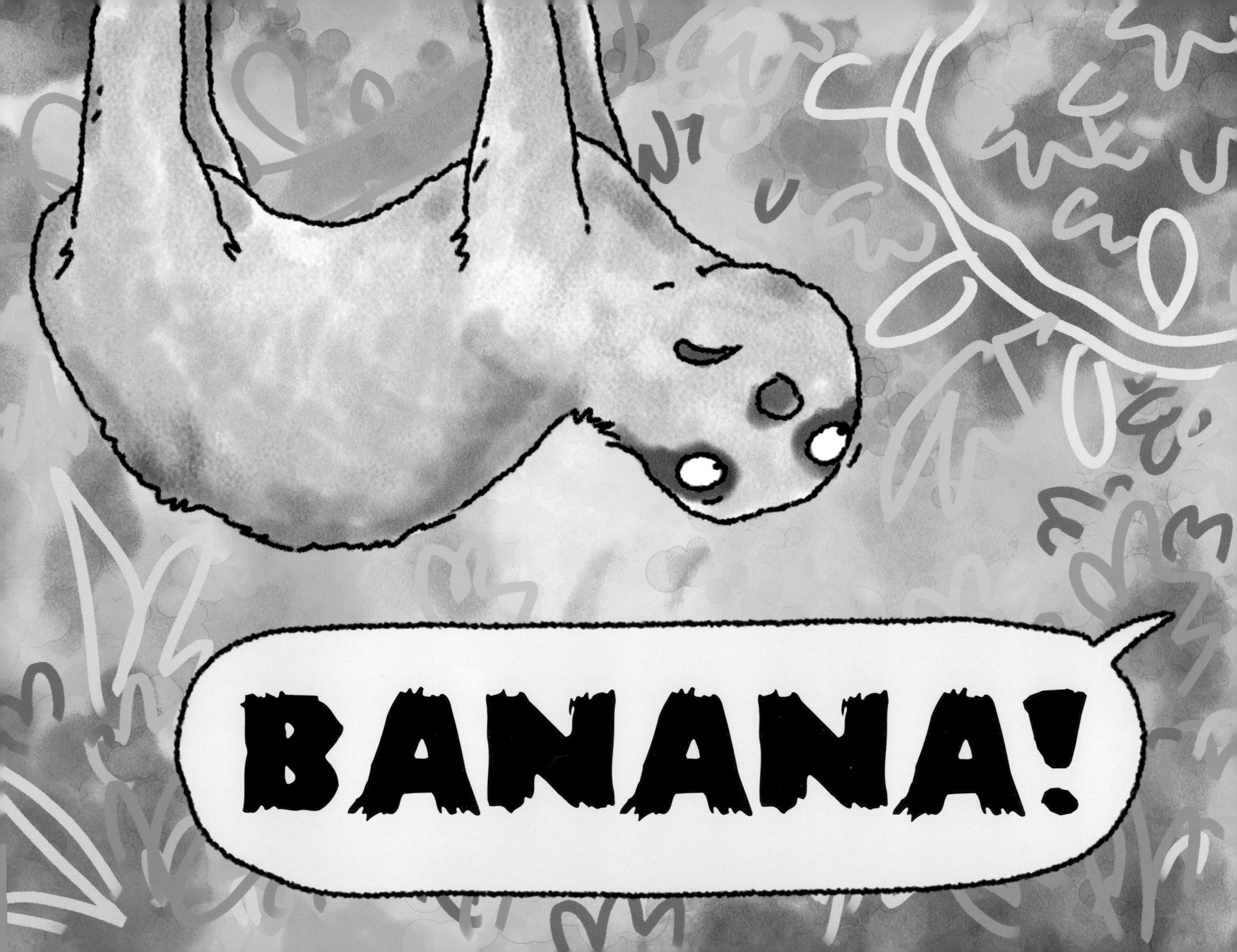
BANANA!

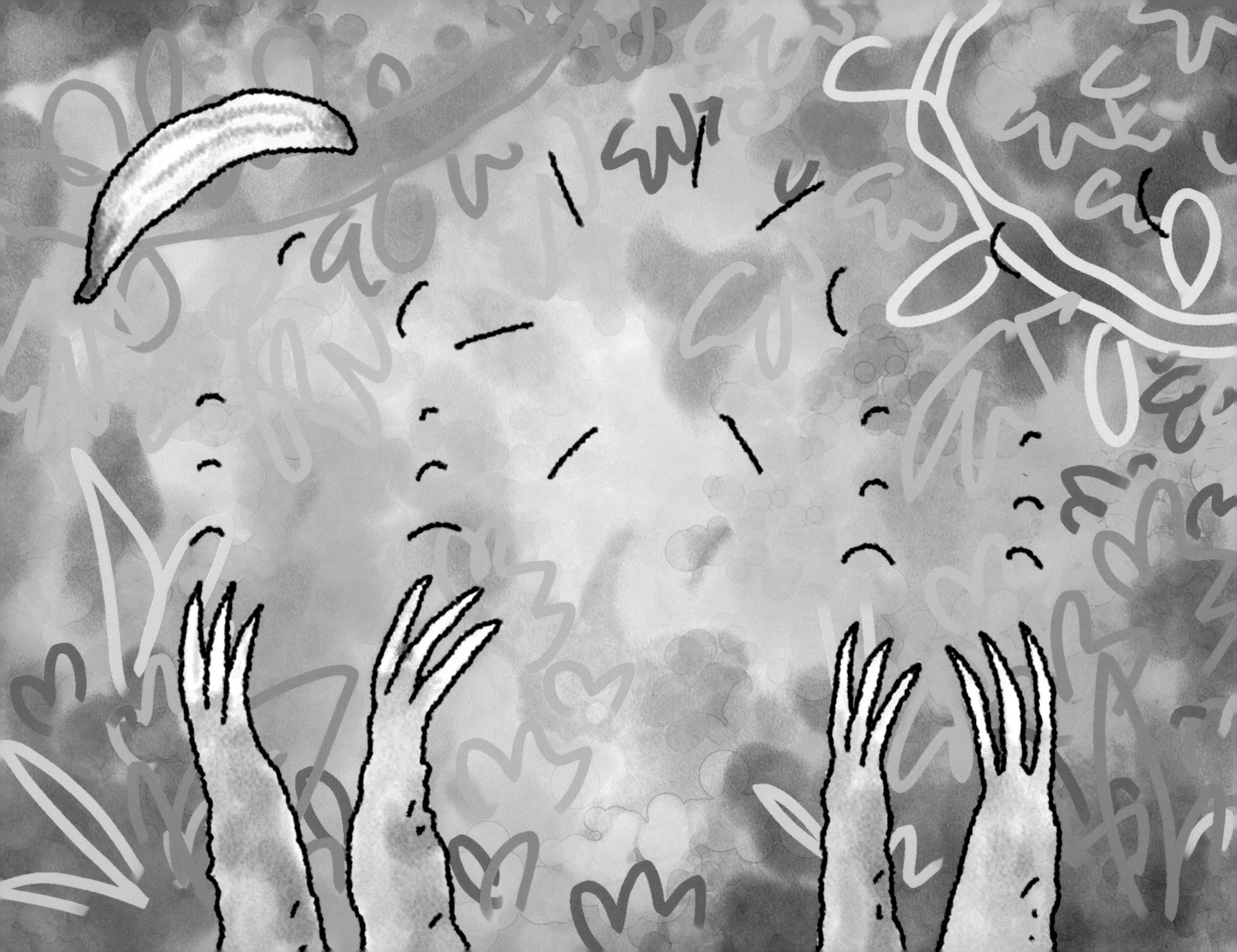

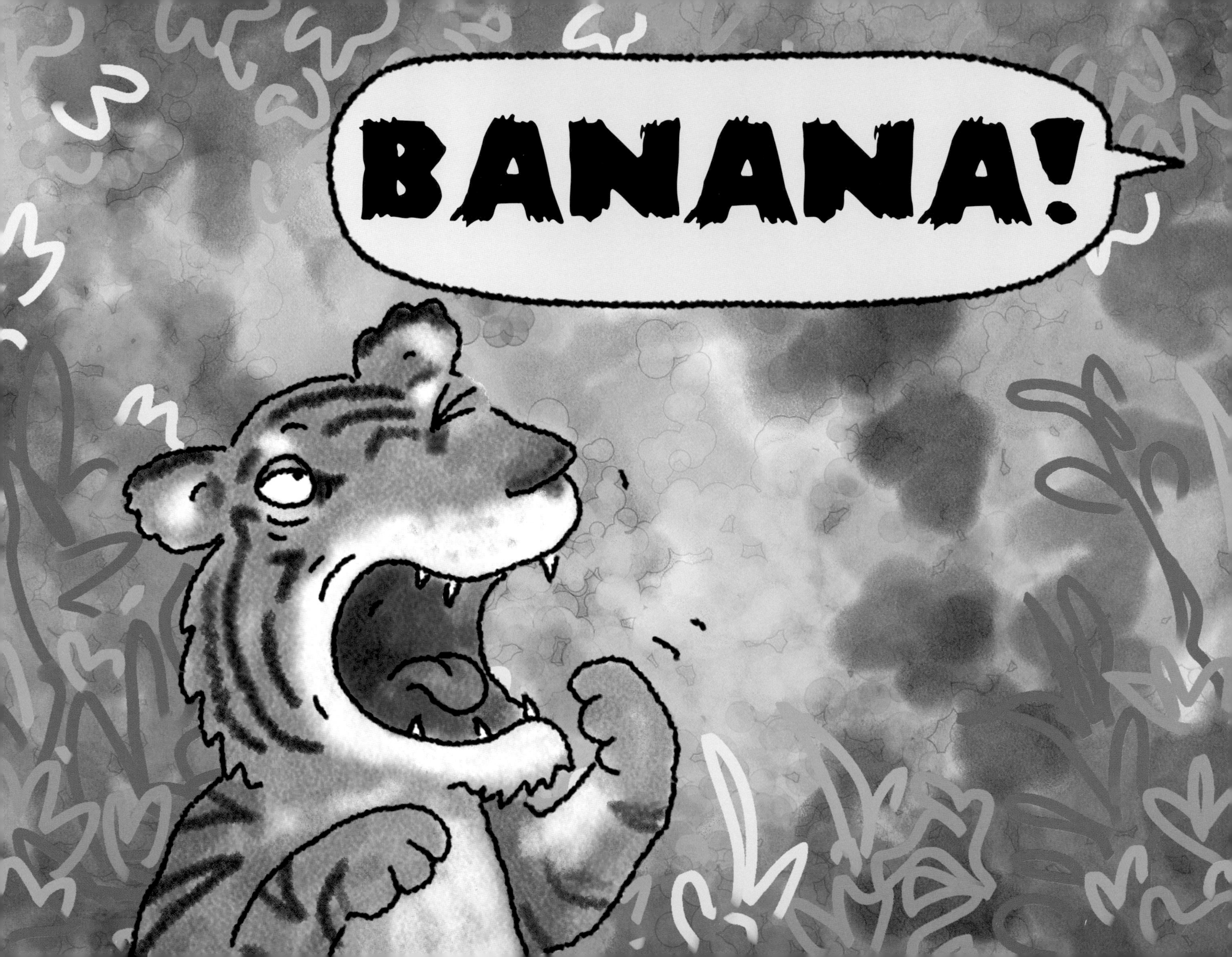
BANANA!

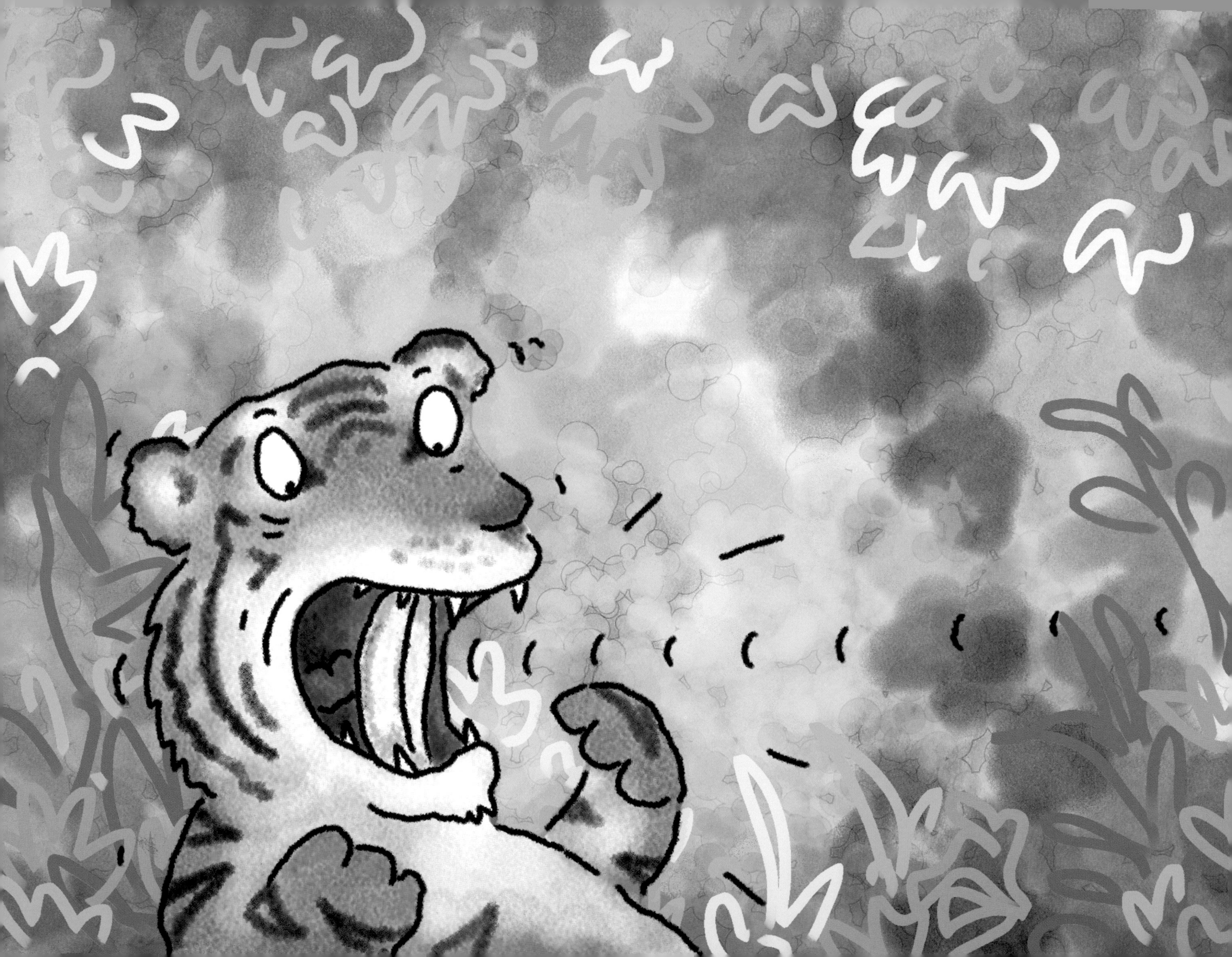

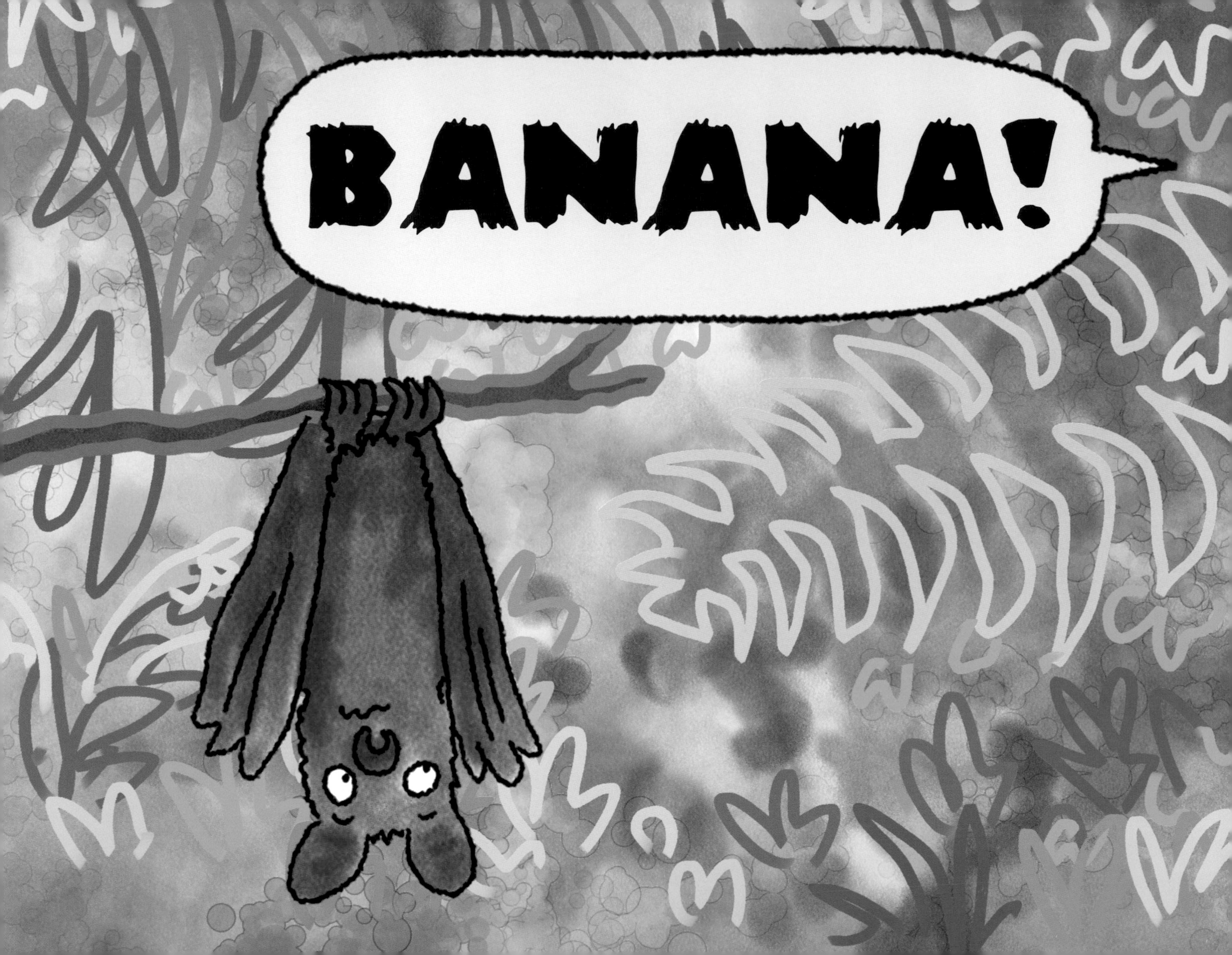
BANANA!

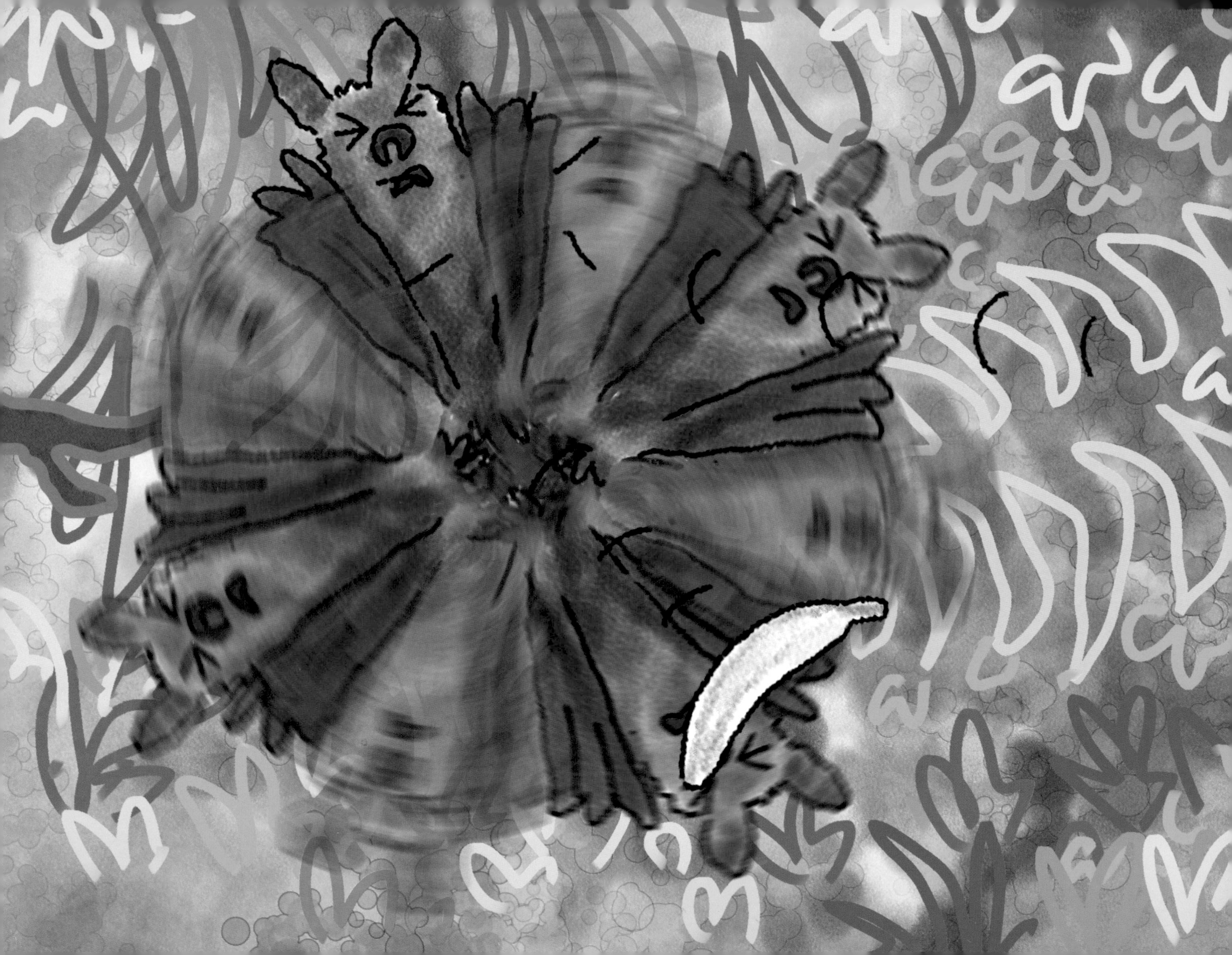

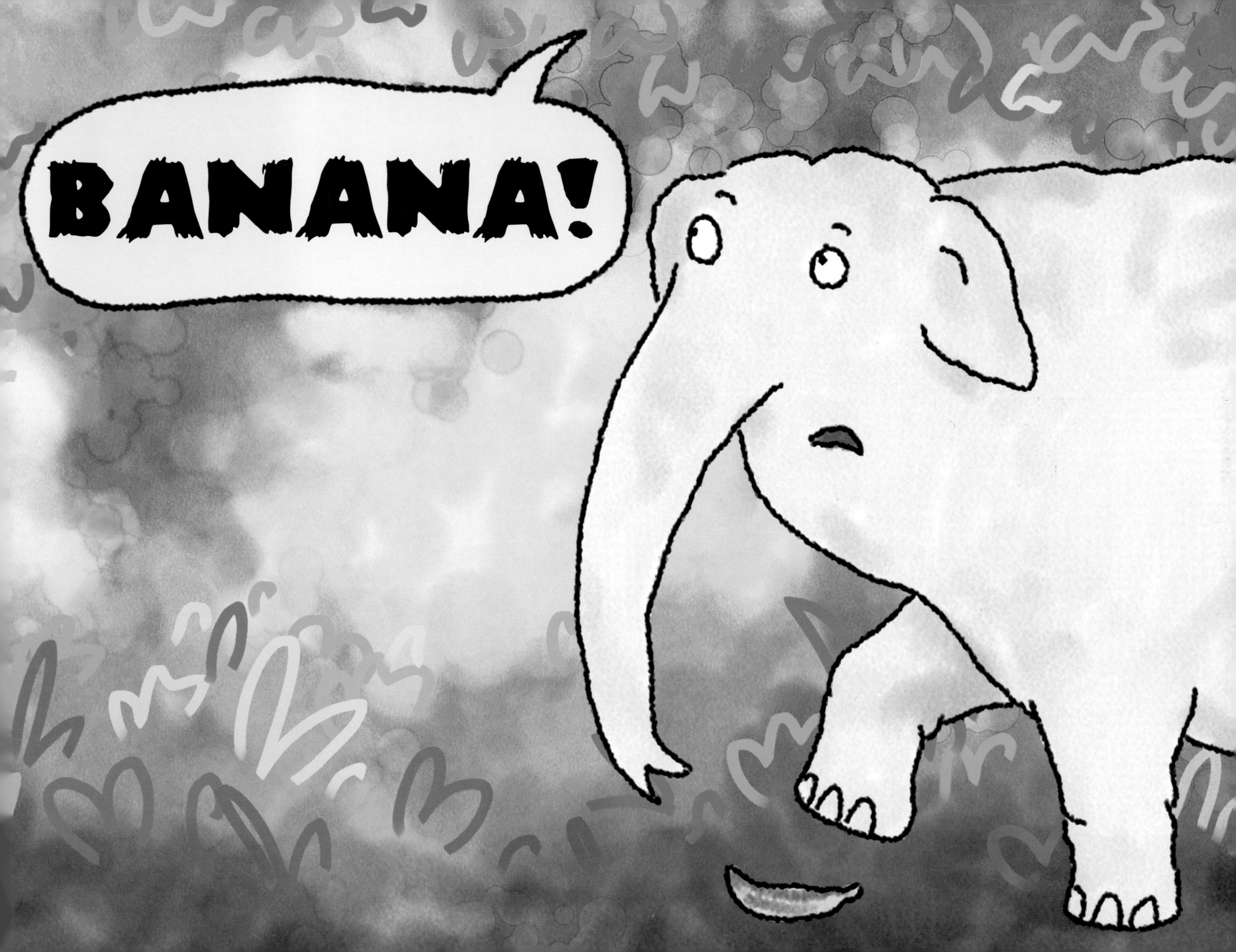
BANANA!

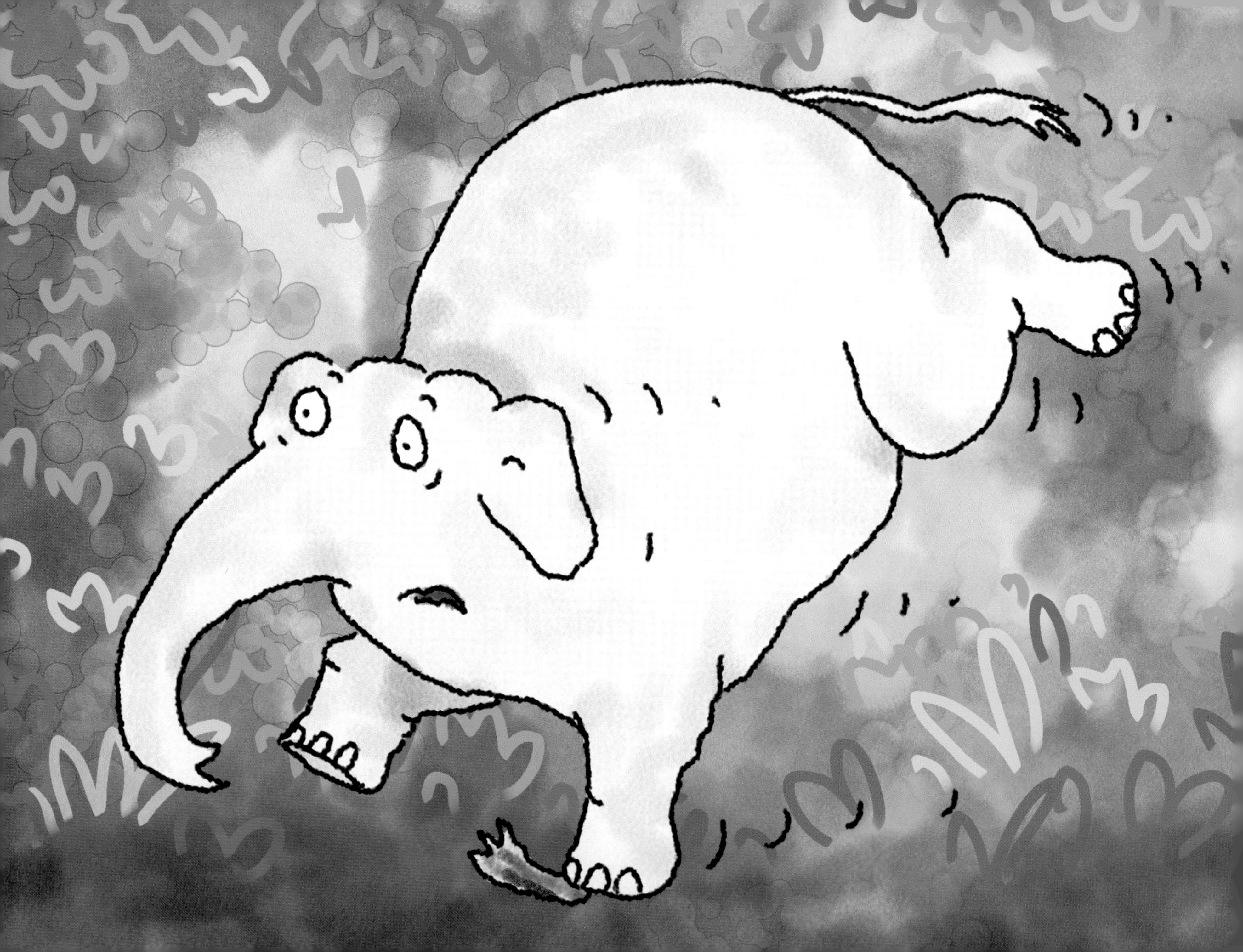

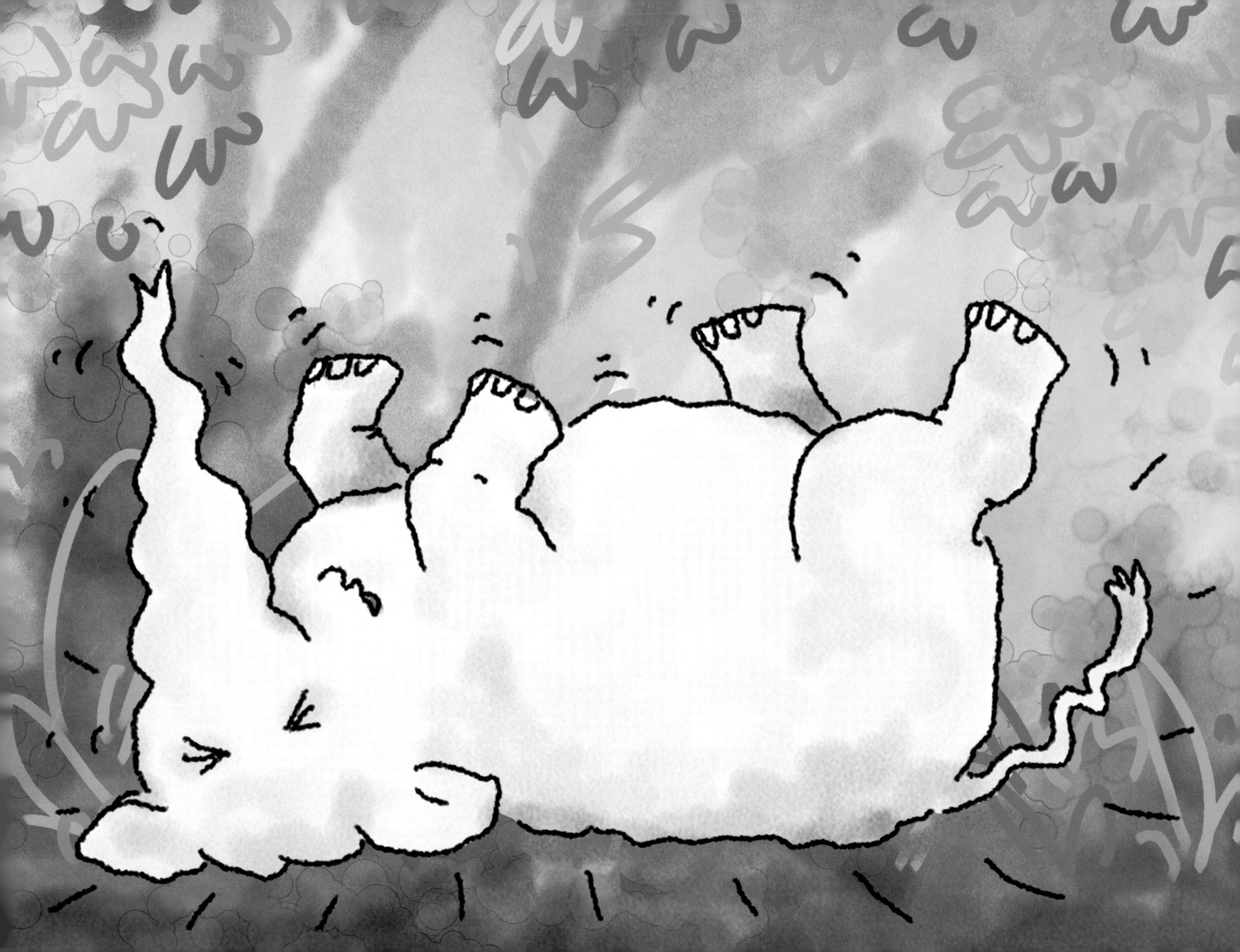

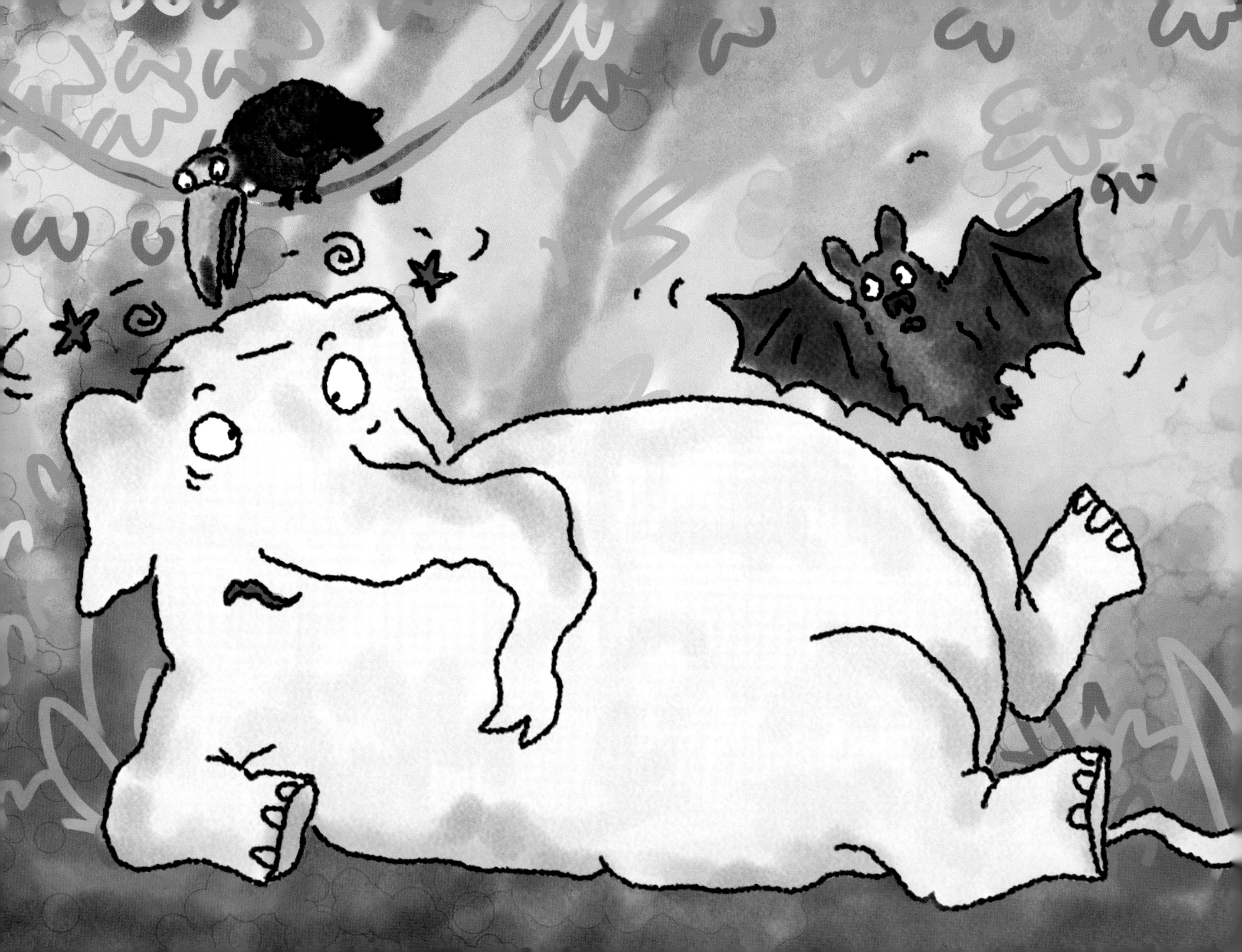

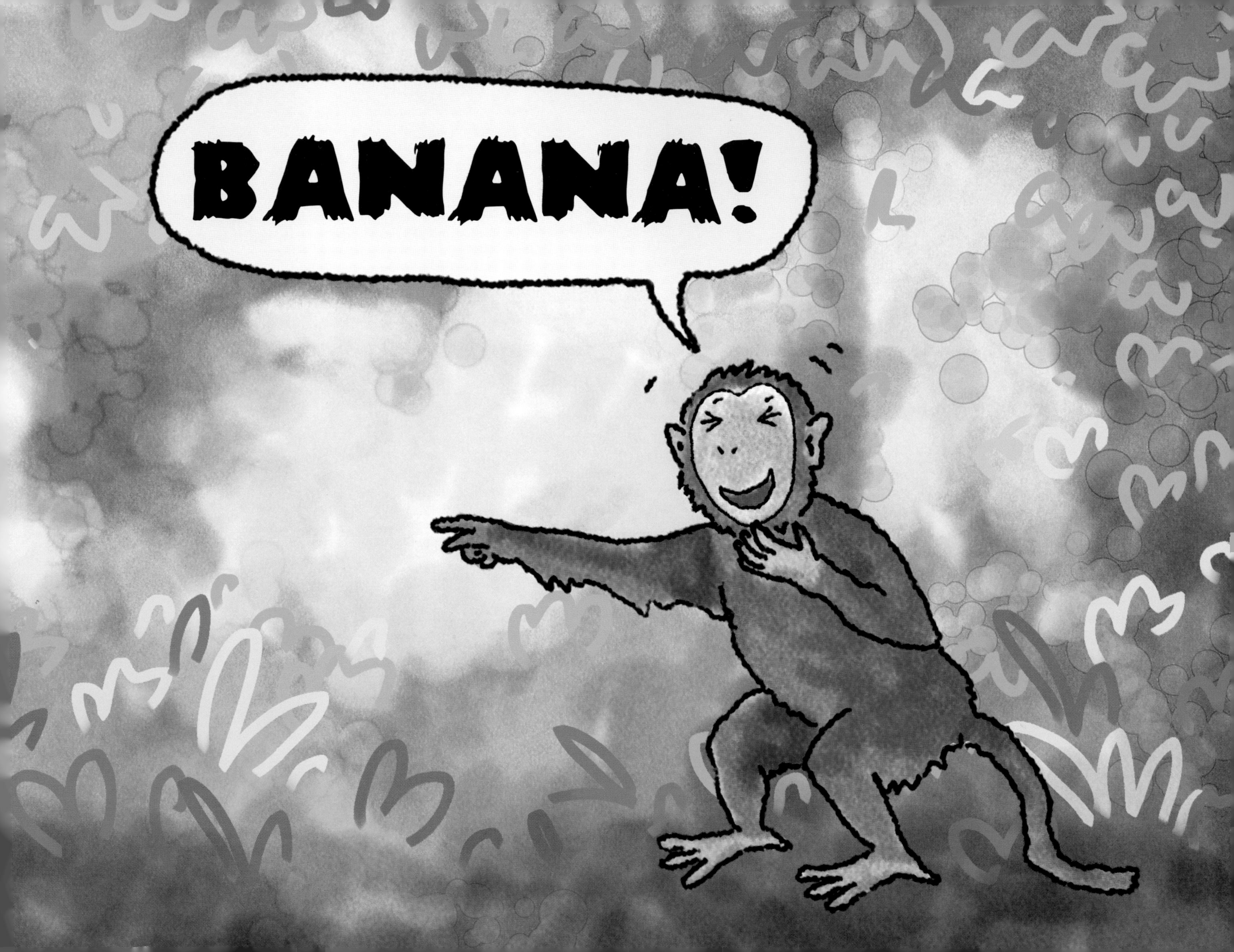
BANANA!

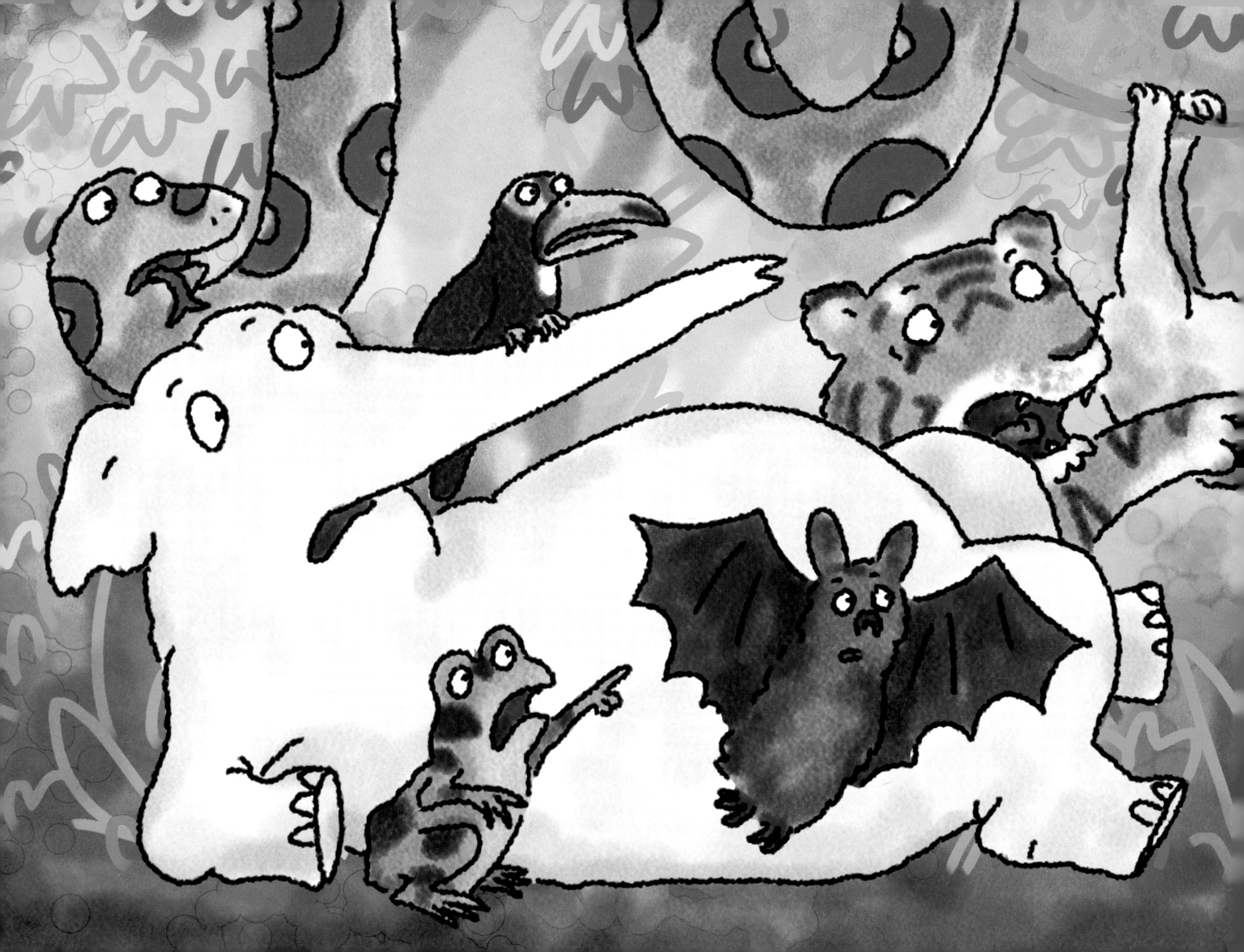

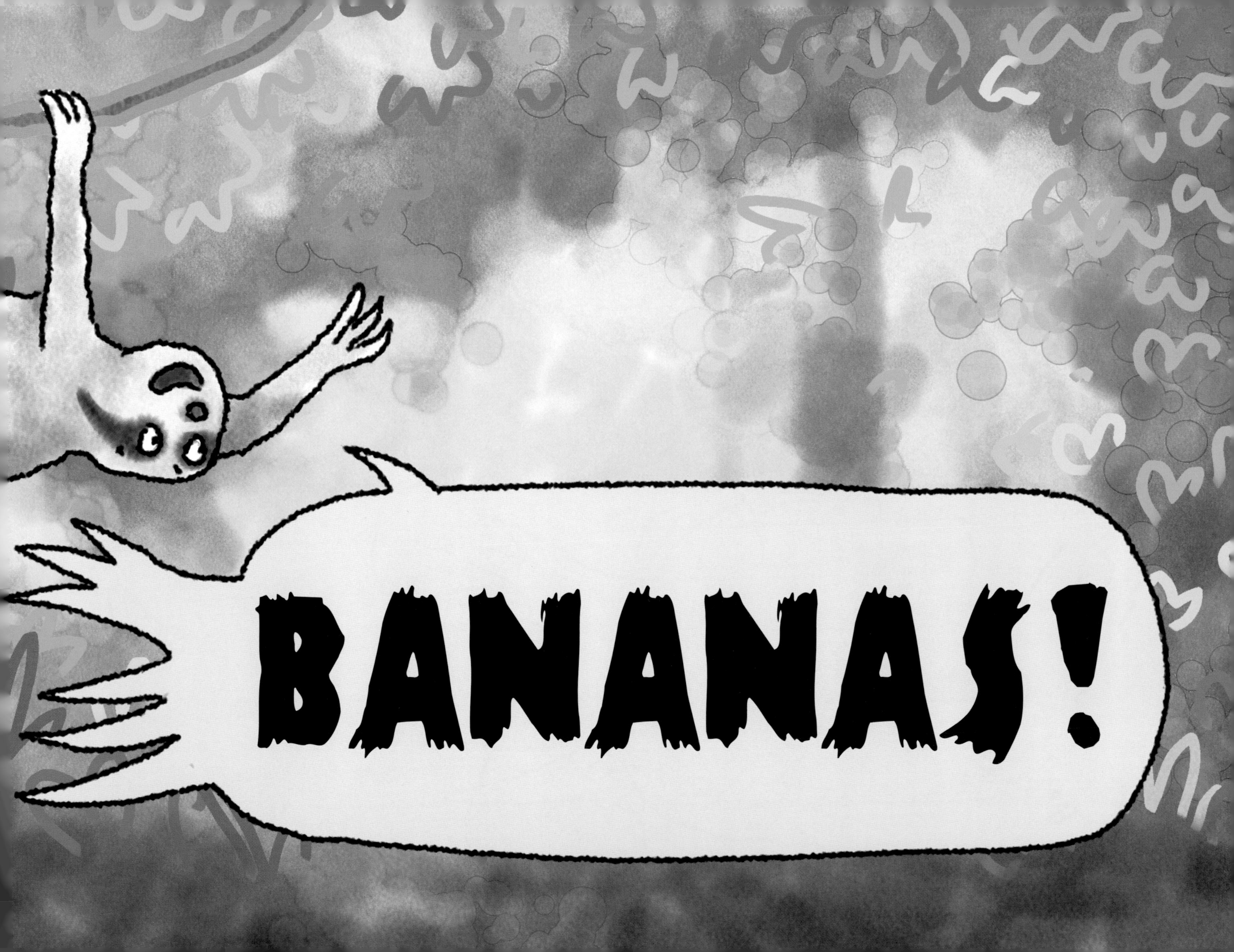
BANANAS!

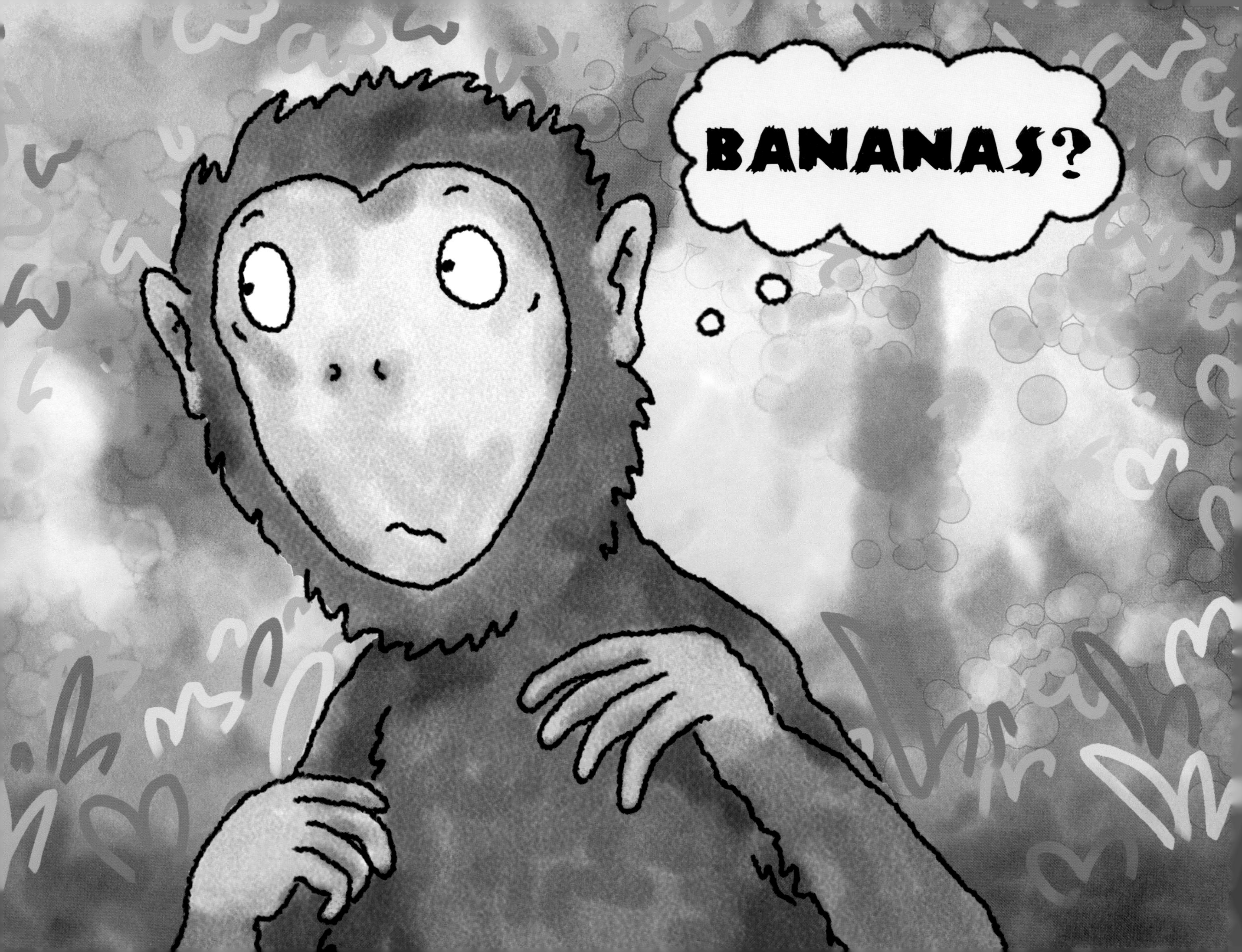
BANANAS?

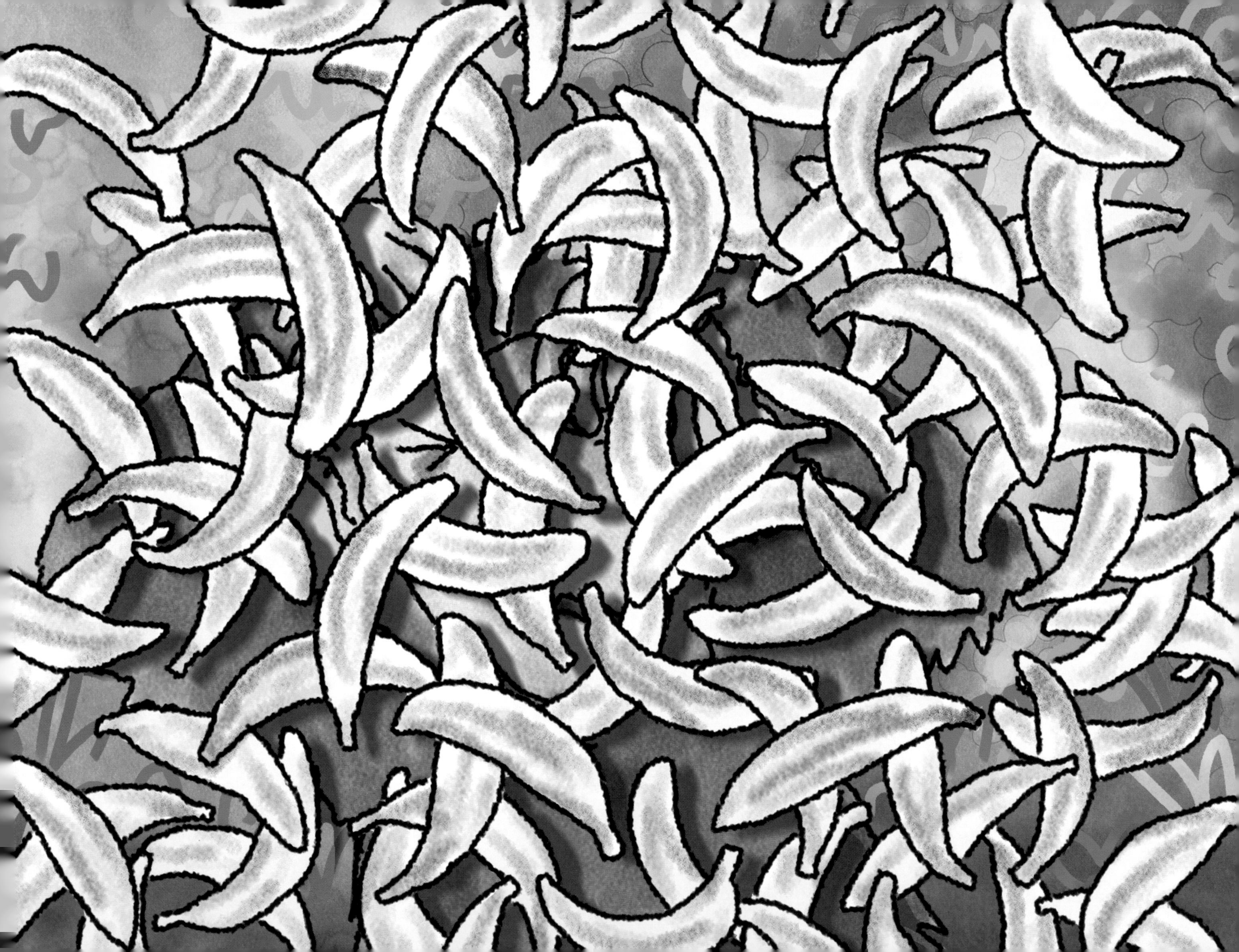

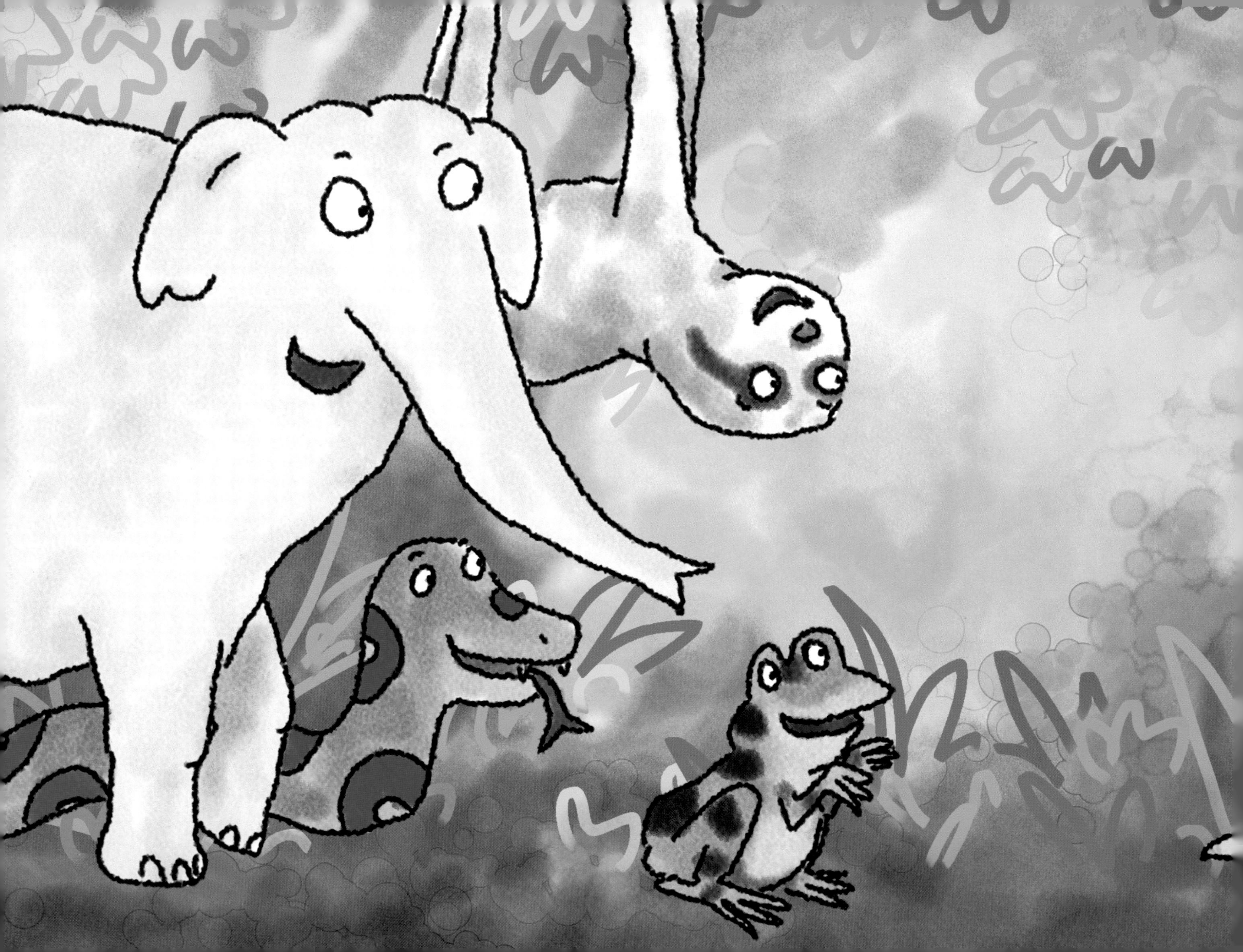

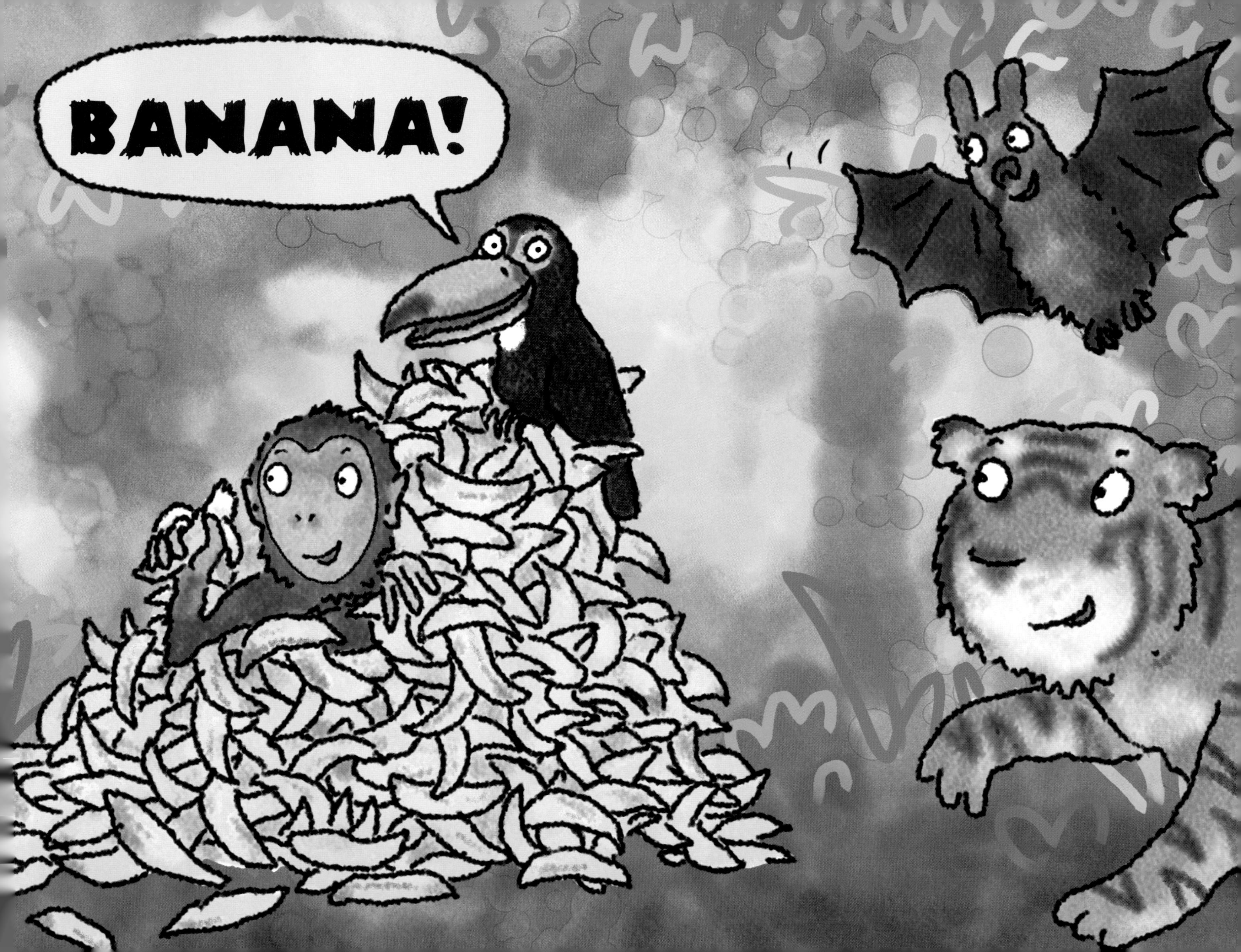
BANANA!

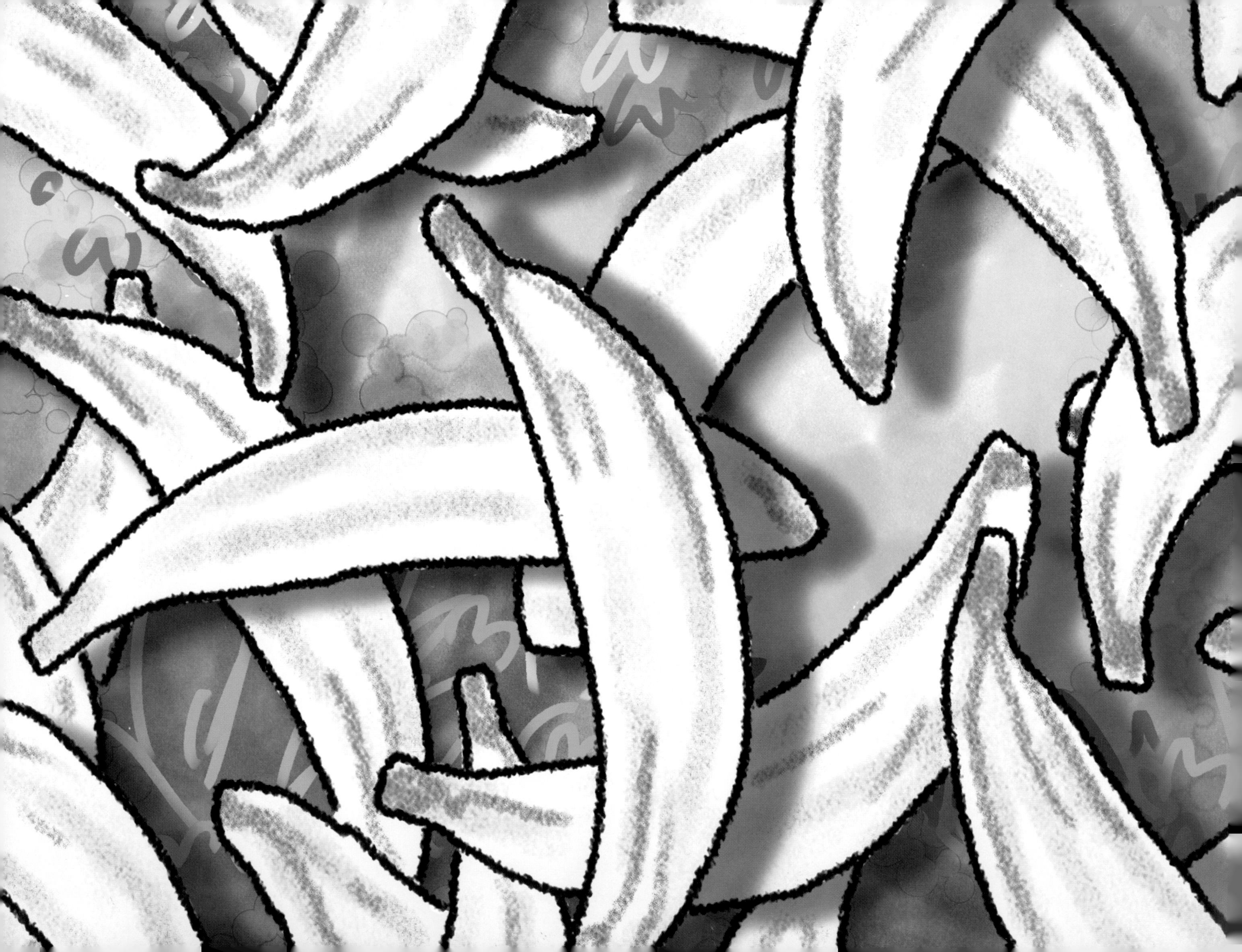